AF377843

LE

DEPROFVNDIS

de la Rochelle.

Enuoyé à l'Illustrissime
ROY D'ANGLETERRE.

Par vn Courrier
REFORMÉ.

LE DEPROFVNDIS
de la Rochelle.

Enuoyé à l'Illuſtriſſime
ROY D'ANGLETERRE.

PRINCE, puis qu'à toy ie me donne,
Comme au meilleur de tous les Roys,
Or au beſoin ne m'abandonne,
Ie t'en requiert à ceſte fois.

Deprofundis

I'ay touſ-jours eu vne triſteſſe,
Et ne me ſuis pû réjouyr
Depuis tant de temps que ſans ceſſe
Sans qu'aucun m'ayt daigné ouyr.

Clamaui

Ie n'efpere plus de la France
Pouuoir tirer aucun fecours,
Qui fait que pour ma deliurance
Il faut bien que i'aye fecours.

Ad te domine,

Tu n'as point de place pareille
A moy, que tu tiens fi tu veux,
Ne fais donc plus la fourde oreille,
Entends mes Requeftes & mes Vœux.

Domine exaudi

Il me faict mal qu'on me reproche
Que ie ne puis par tel prefent
T'efmouuoir non plus qu'vne Roche,
Et qu'en fin tu vas mefprifant.

Vocem meam.

Quand i'enuoyeray dans tes Terres
Faire par mon commandement
Des leuées de Gens de Guerre,
Tu n'as qu'à dire feulement.

Fiant

Toutes nos Villes sont faschées,
Et portées à grand déplaisir,
De ce voir toutes ainsi bouclées
Aux vœux de mon humble desir.

Aures tuæ

Aussi ceux de mon Assemblée
S'entra-mangent comme des Loups,
Et la rendent souuent troublée
Parce qu'ils veulent estre tous.

Intendentes,

Ils ne parlent rien que de prises,
Et ont touf-jours le nez au vent,
Mais ie voy que leurs entreprises
S'en vont toutes le plus souuent.

In vocem

Aussi ne tiens-ie plus de conte
De leurs Conseils, ny de leurs bruicts,
(Dont ils deburoient rougir de honte)
Et attends de Toy seul les fruicts.

Deprecationis meæ.

Mais quoy ! pour toutes mes femonces
Tu és tout d'vn party commun,
Et ne fais iamais de refpoaces
Que ie n'y trouue touf-jours vn.

Si

Ce m'eft vne douleur éxtrême
Que t'ayant tant d'affection,
On me rapporte que toy-mefme
Nomme toutes mes actions.

Iniquitates

Ie recognois affez mon crime,
Et que tu ne puis voirement
M'auoir qu'en tres-mauuais eftime,
Au-moins fi mon déportement.

obferuaueris,

Mais ores fi ton affiftance
Peut fuppléer à mon deffault,
Ne vient pour faire refiftance
A ceux qui me liurent l'affault.

Domine quis fuftinebit.

Ie luy ay fermé mes portes,
Et ay vituperé leur Nom,
Et n'en demande raison fortes,
Car ie n'en puis donner sinon.

Quia

Des-ja les Miens n'ont plus de Terre
En France, & quant nos Chefs font
Des voyages vers l'Angleterre,
Ils disent des-ja qu'ils sen vont.

Apud te

Ce ne sera chose nouuelle
Quand ie te donneray ma Foy,
Non plus que de me voir Rebelle,
Sçachant que de tout temps chez toy.

Propitiatio est,

Quelque chose qu'on me rapporte,
Ie croy que c'est ta Volonté
Que tes subjects me secoure,
Combattant pour ma liberté.

Et propter legem tuam

Les Deuanciers de ton Empire
S'en sont bien rendus possesseurs,
Qui faict que de Moy tu puis dire,
Parlant par tes Predecesseurs.

Sustinuit te domine.

Ce qui vn peu me reconforte
Est de sçauoir que Montauban,
Ville beaucoup moins que moy forte,
Des-ja le Siege plus d'vn an.

Sustinuit

Ie plains bien tant de funerailles,
Mais cependant l'on dit tout haut
Que ce ne sont point mes Murailles
Qu'il poursuit, mais c'est plustost.

Anima mea

Encor' que mon R O Y legitime
Sur ce poinct me puisse iurer,
Si est ce pour cela ie n'estime
Qu'il se faille trop asseurer.

In verbo eius,

C'est

C'eſt le propre aux Grands de promettre,
Pour renger tous ſoubs leur pouuoir,
Si-toſt que le Roy ſe veid Maiſtre
Du Beard dés lors de m'auoir.

Sperauit

La liberté que i'ay ſuïuie,
Et qui par deſſus tout me plaiſt,
Ne m'eſt moins cher que la vie,
Auſſi pour moy trouue qu'elle eſt.

Anima mea

Ne laiſſe donc point faute d'hommes
Perir mon party, qui eſt tien,
Et eonſidere que nous ſommes
Toy & Moy Freres, auſſi bien,

In domino.

Penſe vn peu combien i'ay de peine,
Et quel peut-eſtre mon ſoucy,
Et combien de douleurs ſuis pleine,
Et qu'aucun n'eſt exempt icy.

Acuſtodia

B

Toute la nuict ie me repofe,
Ie la paffe toute en efmoy,
Et l'Aurore en fon teint de Rofe
Ne fe peut dire tant que moy.

Matutina

Ie vay regardant à toute heure
Deuers le lieu de ton fejour,
Et demeure en cefte pofture
Depuis que commence le iour.

Vfque ad noctem,

Me confommant en cefte attente,
Ie detefte, ie me maudis,
Seulement ce mot me contente,
Qu'vn iour parlant de moy tu dis.

Speret

Mais en qui veus-tu que j'efpere,
Si tu ne me prefte la main,
Le Ciel ne veut que ie profpere,
Et voy bien que j'efpere en vain.

In domino.

95

Les Eſtats ont aſſez d'affaires,
Meſme vn pareil ſoucy les poinct,
Si bien que ie ne ſçay que faire
Me voyant reduicte à ce poinct.

Quia

Or ſi tu ne me veus entendre
Tu verras que mes Citoyens
En peu de temps ils firont rendre
Auec leurs femmes & moyens.

Apud dominum

Reçov donc ce qu'on te preſente,
Sans ſe faire plus tant prier,
Car voila que le Roy ſe vante
De me faire bien-toſt crier.

Miſericordia

Tu peux bien vaincre mes miſeres,
Et puis ſi tu veus abyſmer
Tous ces Vaiſſeaux, & ſes Galleres,
Car ta flotte eſt puiſſante en Mer.

Et copioſa

Alors si tu me refuses,
Vers le Turc ie m'addresseray,
Pour ioindre sa force à mes rufes,
Et d'icy mesme m'en iray.

Apud eum

Quoy qu'extrême soit ce remede,
Si est-il pourtant asseuré,
Et ne chaille d'où il procede
Quand le Salut est deplacé.

Redemptio,

Il m'enuoyra bien de la force,
Et des Gens qui me deffendront,
Et pluftost que le Roy me force,
Ces plus grands Bachats y viendront.

Et ipfe

De là, ie ne fais point de doubte
Que par ces geftes triomphans,
Il mettra tout ce Camp en route,
Et que Moy & tous mes Enfans.

Redimet,

De là Glorieux sous son Heaume,
Marchant contre vous autres Roys,
Il ne fera qu'vn seul Royaume
Qui gouuernera par les Loix.

Ex omnibus

Moy me voyant alors vangée
Des torts que vous m'aurez faicts,
De foy, & de forme changée,
I'accumuleray les forfaicts.

Iniquitatibus eius.